CHOIX
DES POÉSIES
INÉDITES
DE SILVIO PELLICO,

Traduit par L. P.

ÉLÉARD.

LILLE.

L. DANEL, IMPRIMEUR-LIBRAIRE,

rue Esquermoise, 55.

1838.

POÉSIES INÉDITES

DE SILVIO PELLICO.

— § —

ÉLÉARD.

ÉLÉARD

EXTRAIT DES POÉSIES INÉDITES

DE SILVIO PELLICO.

3ᵉ édition.

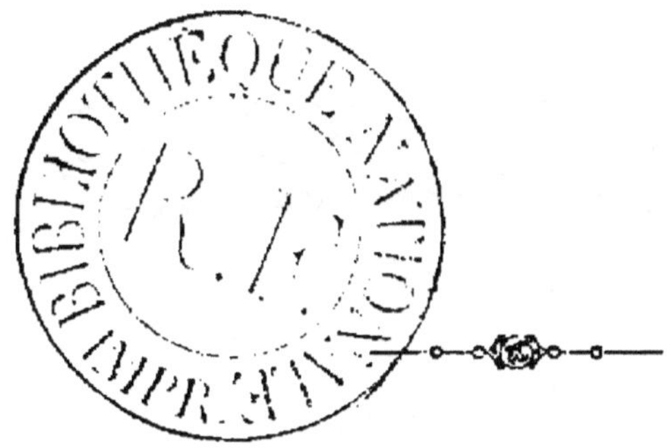

LILLE

L. LEFORT, IMPRIMEUR-LIBRAIRE

1852.

PROPRIÉTÉ DE

ÉLÉARD

L'amour que je porte à Saluces, ma ville
natale, m'a engagé à chanter un évènement
bien déplorable, qui se trouve dans ses an-
nales, au xive siècle. Le marquisat de Saluces était alors de quelque importance, et
le fait dont je parle se liait aux passions
qui fermentaient dans toute l'Italie.

En 1356, Thomas ii succéda à son père
dans le gouvernement de Saluces; mais le
trône lui fut disputé par Manfred, son oncle. Thomas était marié à Richarde Visconti,
de Milan, et par suite il était un des prin-

cipaux Gibelins, dont les Visconti étaient
les chefs; toutes les espérances du parti re-
posant alors sur Azzo, frère de Richarde,
de Saluces, et ensuite sur Luchin Visconti,
leur oncle.

Manfred se déclara Guelfe, pour obtenir
la protection du chef puissant des Guelfes,
Robert, roi de Naples, de la maison d'An-
jou. C'était un prince remarquable par son
habileté et par l'étendue de ses possessions.
Outre son royaume, et le comté de Provence, qu'il avait hérité de ses ancêtres, il
avait des droits réels ou douteux sur plusieurs seigneuries, situées çà et là dans
toute la longueur de la Péninsule. Rome et
Florence le reconnaissaient pour protecteur.
Son drapeau flottait sur beaucoup de châteaux du pays des Lombards, du Montferrat, d'Asti, du Piémont, Savigliano, Fos-
sano, Cuaco, etc., lui obéissaient. Il ne

tenait pas lui - même de troupes, mais il
conservait toutes ses provinces disséminées
par la présence d'aventuriers provençaux,
napolitains ou autres, sous le commande-
ment de braves officiers, qui, gouvernant
chacun à sa manière, savaient peu attacher
le peuple au souverain. Robert voulait faire
tomber la puissance gibeline des Visconti,
et dominer sur tous les états de l'Italie; mais
n'étant pas d'un caractère guerrier, il opé-
rait avec lenteur et ne put jamais réaliser
ses plans hardis. Guelfes et Gibelins se van-
taient également d'être les véritables amis
de la nation, les vrais partisans de la civi-
lisation, de la justice, de la cause de Dieu,
et cependant il aurait été bien difficile de
voir de quel côté se commettaient plus d'er-
reurs et de fautes; quoique parmi ces té-
nèbres brillassent aussi quelques vertus hé-
roïques. Cette époque était chevaleresque et

religieuse, avec des éléments de jalousie républicaine. Tout cela est éminemment poétique.

Tandis que la cour brillante de Robert offrait un modèle de politesse, les troupes de ce prince commandées par le sénéchal, Bertrand de Balzo, provençal, et réunies à d'autres troupes, envahirent nos contrées, pour soutenir les droits prétendus de Manfred, pillèrent et dévastèrent le pays, s'emparèrent de Saluces et la livrèrent aux flammes, firent prisonnier le marquis Thomas avec ses enfants, rivalisèrent avec Manfred d'excès et de barbarie, et détrompèrent ainsi en peu de temps ceux des guerriers de Saluces qui avaient cru voir dans Robert un héros, et dans ses Guelfes d'autres héros, appelés à abolir les anciennes injustices, et à rétablir en Italie le règne de la sagesse et de l'équité.

Thomas racheta sa liberté, et s'apercevant
que Manfred et tous les Guelfes étaient dé-
testés, il commença à réunir une nouvelle
armée de Gibelins, y joignit une troupe sol-
dée de guerriers étrangers, mais bien disci-
plinés, fit la guerre et remporta la victoire.
Le tyran Manfred et ses partisans furent
expulsés.

Ces évènements de Saluces sont le sujet
de mon cantique.

ÉLÉARD

Odium suscitat rixas, et universa
delicta operit charitas.

(Prov. 10 12.)

I

O ma douce Saluces! terre illustre par
tes nobles et antiques combats, par les
vicissitudes de tes succès et de tes revers!
Terre féconde en hommes distingués, qui
t'honorèrent, soit dans les graves fonc-
tions de la magistrature, soit dans les

beaux arts, soit dans les récits de la vé-
ridique histoire. Je te salue, ô terre de
mes aïeux ; c'est de l'amour que je te
porte, que je m'inspire aujourd'hui pour
chanter ta désolation dans les siècles pas-
sés, ta désolation que déplorèrent et souf-
frirent avec toi des âmes courageuses, à
une époque, trop souvent témoin, hélas ! de
grands crimes, mais témoin aussi d'exemples d'amour de la patrie, de loyauté, de
sagesse.

Parmi les principautés italiennes, Saluces n'était pas au dernier rang ; elle s'enorgueillissait d'une vaste étendue de montagnes, de vallées et de plaines fécondes,
et de ses châteaux gouvernés par des guerriers : elle s'enorgueillissait de ses princes.
La couronne ornait la tête du marquis
Thomas, allié aux grands Gibelins Visconti. C'est là ce qui fait frémir le roi
de Naples dans les splendeurs de son palais ; il ourdit des conspirations, dans le
dessein d'imposer avec un nouveau prince

l'étendard guelfe aux habitants de Saluces.

C'était la saison où Saluces voit la neige se fondre dans ses campagnes, où déjà se disputent chaque jour les derniers souffles glacés de l'hiver, et les zéphirs, que réchauffe la chaleur bienfaisante du soleil, qui vient tout ranimer.

Un soir, à une heure bien avancée, le vieil Hugues priait, prosterné dans sa chère cellule, et il s'affligeait que cent pensées involontaires d'inquiétude pour le cloître de Staffarda, dont il portait la mître vénérable, se mêlassent dans son esprit à ses prières. Quoiqu'exercé depuis long-temps dans les solides vertus de la patience et de l'humilité, il ne pouvait trouver facilement du repos dans l'oraison, lors même que les embarras du monastère étaient légers ; car il connaissait les infortunes secrètes de beaucoup de maisons grandes et humbles ; il connaissait les malheurs et l'oppression de beaucoup d'innocents étrangers, et l'âme magnanime

du vieillard souffrait avec tous les hommes illustres ou vulgaires les déchirements
du remords et les déchirements de la douleur.

Or tandis que, prosterné, il sollicite les
graces du Ciel, il entend la cloche, que
sonne le voyageur arrivé dans la nuit à la
porte hospitalière. Il interrompt alors sa
conversation avec Dieu, se lève, et appelle
un frère lai :

« Va, lui dit-il, aie soin de fournir à
celui qui arrive tous les secours de la charité la plus tendre, quel qu'il soit. »

Puis, courbant humblement sa tête blan-
chie, il se jette de nouveau aux pieds du
crucifix, en se disant dans sa prière :

« Quel sera donc cet étranger ? Oh !
fasse le Ciel que ce soit un malheureux
que je puisse secourir ! »

Les voûtes retentissent des pas bruyants
et précipités d'un chevalier. Puis, introduit par le frère, s'avance.... Eléard.

« Mon cher oncle ?

» — Mon neveu, pourquoi ta présence au monastère de Staffarda ? »

Le frère se retira. Les deux parents se pressèrent la main ; puis le jeune guerrier appliqua sa bouche sur la main décharnée du vieillard, qui ouvrit ses deux bras, et reçut sur son sein paternel le fils de la sœur qu'il avait perdue.

Le jeune homme commence en ces termes :

« Je suis appelé à vous révéler un grand secret.

» — Tu sais quelle confiance avait en moi ta mère : tu peux avoir la même.

» — Depuis que je suis rentré à Saluces de la cour de Naples et des bords du Tibre, rarement je me suis assis près de vous, et vous ignorez beaucoup de pensées d'Eléard.

» — Et c'est cette ignorance qui m'inspirait des craintes que peut-être tu vas dissiper.

» — Mon père, ils sont faux les bruits que les perfides Visconti ont répandu du sein de Milan contre le véritable protecteur de toute l'Italie, contre le nôtre. L'âme royale de Robert de Provence est généreuse, fidèle et forte; il veut la grandeur de l'Eglise ; il sera le fléau des tyrans, le salut des bons princes !

» — Réfléchis donc, jeune impétueux, à la puissance redoutable de ce prince étranger, qui, joignant bien des principautés à la couronne de Naples, répand ses troupes de château en château, de village en village, parmi les Romains, les Toscans, les Lombards, et ne manquent de possessions ni dans le Montferrat, ni dans le Piémont. Beaucoup de personnes habiles se défient de sa pitié pour les misères d'un peuple irrité et mécontent....

» — On a pu, mais on ne peut plus s'en défier. Une seule et même espérance, un seul et même désir se manifestent dans le roi Robert et dans le souverain Pontife. Ils veulent l'union, des lois justes, un frein aux hérésies, aux brigandages, aux tyrannies : ils veulent rapprocher, pour la gloire commune, et princes, et républiques, et barons.

» — Ce qui agite le cœur du pontife suprême, c'est une inquiétude sublime pour ses enfants, je le sais ; mais dans le cœur de Robert bouillonne une insatiable ambition.

» — Voilà l'accusation calomnieuse du Gibelin Visconti ; mais l'imposteur est démasqué. C'est lui qui se laisse dominer, qui s'est toujours laissé dominer par l'ambition ! C'est lui que presse la soif de l'or et du sang ! Dans la Lombardie il n'est plus un cœur qui batte pour sa cause ; tous les gens de bien soupirent après le bras libérateur de l'empereur d'Allemagne ; on appelle sur la tête de l'hydre de Milan, les foudres du saint-siége et l'épée triomphante de Robert. Eh quoi donc ! autant que les Milanais, ne nous voyons-

nous pas maintenant, nous Saluciens, dés-
unis par cette race fatale, déshonorés, dé-
chirés, outragés, depuis que la fille des
Visconti, que Richarde a épousé le marquis, et qu'une troupe insolente de cour-
tisans insubriens l'accompagnent partout.

» — Mon fils, rappelle-toi que déjà j'ai
su apaiser ta colère. Mille raisons atta-
chent le marquisat de Saluces à la fortune
de Milan.

» — Cette nécessité infernale disparaît
aujourd'hui.

» — Que veux-tu dire?

» — Aujourd'hui enfin la couronne est
arrachée du front ignoble de Thomas.

» — Ciel! Que dis-tu? Comment?

» — Aujourd'hui Saluces, et les seigneurs de ses terres changent de maître :
celui qui monte sur le trône du marquisat....

» — C'est?

» — C'est Manfred!

» — Mais tu rêves, tu rêves! Manfred a osé porter un jour la main à la couronne de son neveu ; mais peu secondé il a juré la paix.

» — Thomas a rompu les liens sacrés du traité, et Manfred insulté a le droit de se lever et de combattre.

» — Vains prétextes ! Je suis garant de la bonne foi de Thomas.

» — Cessez donc, mon oncle, de plaindre le tyran et de le défendre ! A cette heure même où je vous parle, des bataillons invincibles s'élancent, à la voix de Manfred, de différents points du Piémont : les uns de Savigliano et des bourgs voisins soumis à Robert ; les autres avec le drapeau de Turin et de Saba : à eux se joignent Asti et l'élite des Guelfes du Montferrat. Avant le jour ils investiront Saluces, et les Guelfes de la ville en ouvriront les portes.

» — Ah ! que le Ciel ne permette pas une si noire perfidie !....

» — Manfred, notre maître, m'envoie vers vous, vous qu'il aime et qu'il vénère, et qu'il croit puissant près de Dieu....

» — Que veut de moi le traître?

» — Apaisez-vous.

» — Que veut-il?

» — Il rend hommage à cette réputation que vous cachez en partie par humilité, et que peut-être vous ignorez en partie, à cette réputation qui est immense parmi le peuple et les grands. Dans votre regard, dans votre parole, dans vos œuvres sublimes brille la vigueur du prophète! On n'a point oublié les vérités terribles que, cent fois au nom de l'Eternel, vous avez fait retentir aux pieds des puissants. Aujourd'hui Manfred désire, Manfred exige de vous des paroles effrayantes : venez dans le camp maudire les Visconti ; venez les maudire dans Saluces ; venez maudire Thomas, le vil esclave des Gibelins ; consacrez les inspirations de votre génie à seconder

les projets de celui qui protège les peuples et la justice ! »

A un pareil langage, le saint vieillard se
lève de son siège antique :

« Les insensés, s'écrie-t-il ! S'il était
encore temps ! Oh ! si Dieu me revêlait un
seul jour de la force des prophètes !.... Où
est Manfred ?

» — Parmi les geurriers fidèles qu'il
conduit à la faveur des ombres de la nuit.

» — Qu'on prépare mon cheval, s'écrie
le vieillard ! »

Et, pendant que le frère s'empresse d'o-
béir, nos deux héros s'arrêtent encore dans
la cellule, et se communiquent tour-à-tour
les sentiments de leur âme agitée.

« Mon fils, tu es séduit. Les cœurs de
Robert et de Manfred me sont plus con-
nus qu'à toi. Le roi est excellent, mais à
Naples, où il aime à faire briller les beaux
arts et la politesse ; loin de là, c'est un
génie malfaisant, qui trompe guerriers et
peuples par des désirs injustes de combat

et de révolte. Tandis qu'il montre à tous ceux qui l'environnent des vertus aimables, il jette sur toutes les routes de la Péninsule, qu'il paraît protéger, d'audacieux soldats, qui imposent la paix par la rapine, le meurtre et l'esclavage. Voilà ton royal ami, si vanté ! Il lui est utile de diminuer la puissance des Visconti, les seuls appuis qui nous restent ; et, pour y parvenir, il s'est fait aujourd'hui un instrument de Manfred.

» — Quand vous aurez parlé à Manfred et aux généraux du roi, vos terreurs se dissiperont. Tous nos guerriers n'ont pris les armes, qu'en jurant solennellement, hautement, de relever les opprimés, et d'abattre les contempteurs des lois et des autels.

» — C'est le serment de tous ceux qui se préparent à une guerre quelconque.

» — Vous verrez d'illustres Saluciens arborer le drapeau de Manfred.

» — Je sais que je verrai parmi ces

dupes glorieuses cet Arrigo Elïon , qui te gouverne, parce qu'il te promet sa fille.... Tu rougis ?.... Je ne me suis pas trompé.

» — Je veux suivre ma raison et ma conscience plus que mes affections. »

Le palefroi du vieillard est caparaçonné : à son côté piaffe le coursier du jeune chevalier. Aussitôt l'abbé laisse quelques avis prudents à ses religieux, leur distribue de sa main l'eau bénite, leur donne sa bénédiction , et le voilà qui monte militairement sur les arçons, comme un homme qui a porté la cuirasse et la maille avant la tunique, et qui a , sous les armes, acquis la réputation d'un brave.

La porte du monastère crie sur ses gonds de fer, et s'ouvre. Les deux cavaliers sortent avec deux domestiques moins bien montés, et les religieux auxquels l'abbé a parlé avant de s'éloigner s'arrêtent sur le seuil.

« Que va-t-il arriver ? se disent les moines en se regardant : » Ils craignent de grands malheurs, et ils ignorent les massacres qui se préparent. Cependant la cloche appelle à l'office de la nuit ; la porte se ferme ; et, après avoir traversé une vaste cour, toute la pieuse famille entre dans le temple, se rend au chœur, et commence les chants.

II

Ah ! quelle paix délicieuse à l'ombre des églises, dans les siècles de haines et de trahison ! Là, tandis que, dans les campagnes les moissons étaient consumées, et que le soldat ajoutait à la désolation du cultivateur les sarcasmes et les coups; tandis que, dans les bourgs et dans les cités, les frères égorgeaient les frères; tandis que la renommée dénonçait tel et tel château, où l'on présentait des coupes empoisonnées,

où l'on enfonçait les poignards dans les té-
nèbres, où l'implacable jalousie du maître
ensevelissait une femme au fond d'une tour,
le moine expiait soit ses fautes passées,
soit les fautes des nations coupables. Bien
souvent ces vénérables vêtements de laine
couvraient des génies sages et paisibles,
étrangers à leur siècle, comme une aima-
ble fleur est étrangère parmi des plantes
malfaisantes, comme le jet charitable d'une
fontaine au milieu des sables brûlants, et
comme, parmi des tribus sauvages, un
cœur qui gémit sur le sort des opprimés.

Pendant que les religieux de Staffarda
psalmodiaient en chœur, et que le vieil
Hugues traversait sur son cheval les sen-
tiers bourbeux et les broussailles, une multitude effroyable, composée de troupes roya-
les, d'alliés et de brigands mercenaires,
dont les horribles bannières se mêlaient à
celles de tous ces guerriers différents, s'a-
vançait de Moncalieri à Saluces. Le généra-
lissime est Bertrand de Balzo, fier et brave

sénéchal du roi; après Bertrand, vient au premier rang le traître Manfred, qui entraîne avec lui, dans une entreprise injuste, ses deux frères imprudents.

Ils veulent arriver de nuit au pied de la ville qu'ils surprennent, et ils espèrent qu'aux sons de leurs trompettes, les portes s'ouvriront. Mais la renommée les a devancés. Quand l'armée arrive près des murs de Saluces, quand les hérauts sonnent les trompettes, les amis de l'intérieur ne répondent pas à l'audacieux appel; aucun pont-levis ne s'abaisse devant les assiégeants. Les murailles sont hérissées de lances fidèles, étincelantes à la clarté de la lune, et de leur sein tombent sur l'armée des flèches et des hurlements de rage, et à ces hurlements succèdent les acclamations universelles du peuple : Vive Thomas ! Et Manfred se mord les deux lèvres de dépit, et jure de punir par d'horribles massacres ce peuple insolent.

Le provençal Bertrand, homme d'un caractère railleur, et fier de l'amitié de son maître, ne se gênait pas plus qu'un roi pour piquer par ses plaisanteries tous les seigneurs italiens. Il s'abandonne à un rire insultant, et tourné vers Manfred : « Voilà donc, dit-il, cette affection universelle pour toi, que tu nous promettais chez les habitants de Saluces ! »

Puis de la raillerie il passe à la colère :

« Vous êtes tous les mêmes ! Des promesses, des fanfaronnades, de folles espérances ! Puis de pressants périls, des dangers sans nombre ! Et, pendant ce temps-là, c'est pour les intérêts d'autrui que mon maître perd ses braves !

» — Sois tranquille, dit Manfred, frémissant sous une apparence de calme, les obstacles ne dureront que quelques heures. Il suffira d'un seul assaut vigoureux : Aux armes, vite, aux armes ! »

Tandis que les dispositions des chefs valeureux et l'obéissance des soldats concourent à préparer l'assaut, que l'on assemble

et que l'on apprête les lances et les bou-
cliers, les béliers et les catapultes ; que,
dans toute la plaine, on n'entend que des
cris, du mouvement, le roulement des
chars, les coups de hache qui renversent
les arbres, le fracas des pierres amonce-
lées, et, au milieu des travaux, le blas-
phème, ou la joie impudente, ou le chant
des guerriers, au-dedans de Saluces, la
force de la tête et du bras ne s'exerce pas
avec moins d'ardeur pour la défense sacrée de la patrie. Les traîtres de la ville
sont inconnus et peu nombreux ; mille citoyens s'unissent avec transport autour de
l'étendard du marquis Thomas. C'était un
de ces princes magnanimes, qui, au milieu des périls, brillent d'un nouvel éclat,
qui trouvent un accent et un regard plus
sublimes, et qui savent, comme par un
pouvoir magique, réveiller dans le cœur
d'un peuple, naguères mal disposé, l'amour,
la concorde et une noble émulation.

Presque tout le monde oublie alors telle

ou telle faute imaginaire ou réelle, qui hier paraissait une grande tache dans Thomas : on ne voit plus en lui qu'un possesseur des droits paternels, injustement attaqué ; un maître chéri, dont la main bienfaisante récompensait, punissait, protégeait ; uu homme enfin qu'il faut défendre. Richarde elle-même, dont la famille déplaisait tant aux Saluciens, ne semble plus d'une origine odieuse, depuis que le peuple la voit partager avec inquiétude, mais avec courage, les périls et les soins du marquis. Sa beauté adoucit les fidèles guerriers ; son accent, bien que lombard, ne paraît plus étranger. Et quand Thomas et Richarde volent à droite, à gauche, et parlent des espérances que doivent leur donner les prompts secours des troupes des Visconti, ceux qui les entendent triomphent et applaudissent.

A la chute de cette nuit horrible, Hugues arriva avec Eléard au milieu des assiégeants ; ils vont aussitôt trouver le sénéchal de Robert et Manfred. Manfred pousse un cri de joie en apercevant le vieillard, et le présente à Bertrand, en disant :

« Seigneur de Balzo, voici le prieur vénérable de Staffarda, celui qui, par ses belles actions, a obtenu une influence toute-puissante sur le peuple de Saluces. Sans doute ses yeux aperçoivent aujourd'hui l'é-clat d'un avenir plus glorieux, plus heu-reux, plus équitable pour le pays de nos pères ! »

Le sénéchal s'approcha de Hugues, et cachant dans son âme dédaigneuse l'indif-férence et l'ennui, imita le sourire du res-pect pour dire :

« Le monarque conserve encore votre souvenir, mon illustre père, et il désire triompher ici non pas tant par la force des armes, qui pourraient lui assurer la victoire, que par la sagesse d'un ami. »

Puis Manfred se mit à expliquer les mo-tifs de la guerre en énumérant les perfi-dies, les extravagances et la honte inévitable qui s'attachaient au nom de Thomas, par suite de sa soumission à la puissance artificieuse des Milanais. Il prouva la nécessité urgente de la guerre ; il prouva que le plus grand besoin de Saluces et de toute l'Italie était de reconnaître le roi Robert comme unique suzerain de tous les possesseurs de fiefs.

« Mes vœux appellent, sans doute, répondit Hugues aux deux chefs, la réunion universelle des Italiens sous un sceptre, quel qu'il soit, guelfe ou gibelin ; mais pour éteindre ces haines vivaces et invétérées qui divisent un peuple formé de races diverses, animées de pensées, d'intérêts différents, il n'y a point assez de puissance dans le désir des âmes affligées ; et mille raisons décisives se présentent à mon esprit, pour me faire refuser à un étranger, couronné dans la Pouille, le pouvoir de rétablir, par sa réputation et ses armes, l'obéissance et la paix.

» — Pensez, ô vieillard, à toute l'importance de notre entreprise : elle mérite que vous la secondiez.

» — Sans doute, je désire vous venir en aide; mais, pour y parvenir, un seul moyen s'offre à ma pensée.

» — Lequel?

» — Aux yeux du peuple et de l'armée, je me présenterai devant vous comme intercesseur ; par religion, par humanité vous suspendrez tous deux les combats, et moi, j'irai à Naples. J'apaiserai, je l'espère, l'auguste prince ; je le détournerai d'une entreprise, dont il ne recueillerait que dommage et ignominie ; et si Manfred a été lésé dans quelqu'un de ses droits, il pourra se les assurer par des conventions invariables.

» — Nous proposer une trève, c'est inutile! La volonté de Robert est immuable; et c'est mal à vous de prophétiser l'opprobre et la défaite à celui qui est sûr de la victoire. Jetez seulement un regard sur nos troupes, et vous verrez qu'aujourd'hui même Saluces doit tomber en nôtre pouvoir.

» — Peut-être pourrez-vous vous en emparer; peut-être pourrez-vous enlever à son maître vaincu l'asile du château, le traîner prisonnier, et lui arracher de la tête la couronne des marquis, ses ancêtres; toi, Manfred, peut-être tu pourras t'en orner le front; je ne vous le conteste pas. Moi, seulement, d'après ma vieille connaissance de ce pays et du caractère de ses habitants, je vous déclare qu'après la chute de Thomas, votre triomphe sera encore bien douteux, bien difficile. Dans l'âme de la plupart, l'hérédité a transmis une affection profonde pour le parti gibelin, pour les Visconti, et en même temps une vigoureuse haine contre les drapeaux guelfes. Nous sommes un petit peuple, mais nous trouvons de la force et dans la puissance des Visconti, et dans notre audace, et dans notre caractère âpre et sauvage, que ne fléchissent ni terreurs, ni supplices.

» — Tu oublies que moi aussi je suis Salucien, et que jamais les craintes ne m'ont fait pâlir.

» — Manfred, fais plutôt briller en toi le plus noble des courages, celui de préférer aux joies impies du sabre une gloire plus douce, la gloire touchante d'éloigner du pays paternel une guerre funeste !

» — Parle d'autre chose, vieillard ! Si tu aimes à diminuer l'horreur d'une guerre inévitable, épouse mes intérêts; entre dans la ville assiégée, harangue les citoyens, engage-les à se soumettre à moi.

» — Je ne le peux, Je ne le dois ! Je ne puis vous être utile, qu'en vous adressant mes paroles suppliantes, en faisant retentir à vos oreilles des conseils énergiques, tels que Dieu me les révèle. Retenez vos épées ; si Thomas a commis quelque injustice, la raison suffira pour le rappeler à l'équité, et d'ici à quelques jours, satisfaits, glorieux, purs de sang, bénis des peuples et du Ciel, vous retournerez chez vous. Si, poussé par l'ambition ou par de vieux ressentiments, tu persistais, Manfred, à convoiter aujourd'hui l'empire de Saluces; et que tu pusses le saisir, ton nom serait odieux à tes sujets, et malgré tous tes efforts, ils ne seraient point heureux sous ton règne. Une nécessité fatale de jalousies et de vengeances naît de la guerre civile, et ce n'est que par des terreurs et des tourments continuels que l'usurpateur peut se soutenir. Je suppose même que le prince vaincu ait mal gouverné auparavant; sa défaite, ou sa fuite, ou sa mort rattacheront à son nom le grand nombre de ceux qu'il aura offensés; on oubliera les torts du maître, qu'on aura perdu; ses vertus s'embelliront par le souvenir. Ce prince mort, il s'élèvera des seigneurs qui, par politique ou par générosité, voudront le venger, et quand leur âme serait fourbe et impie, le vulgaire, toujours heu-

reux de haïr le puissant, qui doit l'empire à la ruse ou à la violence, le vulgaire les honorera ! et à une ligue pareille
d'ennemis, quelles sont les forces qu'op-
poserait Manfred?....

» — Les forces du roi, s'écrie le provençal en fureur.

» — Votre roi s'engage dans beaucoup
de guerres, reprend Hugues, et quand des
ennemis formidables l'attaqueront ailleurs,
toutes ces troupes, qui font ici votre sé-
curité, se retireront pour aller les combattre. Et toi, Manfred, je te vois frémis-
ant, sans armée, et trahi par les tiens!...»

A ces mots, les cris des capitaines cou-
vrent la voix du prophète. Alors Hugues
élève le crucifix ; il conjure humblement
ces guerriers superbes ; il les conjure au
nom du Rédempteur !.... On le repousse ;
et, parmi cette soldatesque, plus d'un bras
se lève pour le menacer.

Quelques braves servent de bouclier au
religieux, et surtout Eléard. Le saint vieil-

lard ne s'effraie ni des sarcasmes, ni des menaces, et il répète plusieurs fois aux traîtres :

« Dieu maudit votre entreprise !!! »

III

RELIGION, c'est ton noble office d'affronter sans crainte les orgueilleux avec les armes de tes vérités redoutables, au risque même de subir la honte et le martyre ! Et cet office, oh! combien de fois les véritables ministres de Dieu l'ont rempli avec courage ! Quelquefois ces prêtres vénérables tombaient sous le fer des tyrans ; quelquefois brisés, couverts de sang, chargés de chaînes, ils s'ensevelissaient dans les horreurs d'une tour déserte; mais le cœur des autres serviteurs de Dieu n'était pas effrayé par ces terribles exemples. Et si la voix d'une âme pure et consacrée aux autels était souvent méprisée par les méchants, elle n'était toutefois pas entièrement inutile : elle était méprisée, mais elle jetait, dans l'âme de ces impudents scélérats, un germe qui peut-être fructifierait un jour; c'était un germe de terreur religieuse. D'ailleurs, parmi ces êtres féroces, il y en avait toujours de moins corrompus, pour qui la parole magnanime et vraiment sacerdotale, soit de saints abbés, soit d'humbles frères ou ermites, en faveur des innocents, était une parole invincible, qui les torturait par de prompts remords, jusqu'à ce qu'ils revinssent à l'honneur et à la charité.

Eléard reconduisit le vieillard assez loin, jusqu'à un endroit à couvert des bandes de ces féroces soldats; là, avec une égale douleur pour l'oncle et pour le neveu, Eléard s'arracha des bras du prieur, qui voulait vainement l'y retenir encore !

« Ah ! mon fils, s'écria-t-il, ne m'abandonné pas sans que j'aie pu rien obtenir. Ne remets donc plus le pied parmi ces troupes impies, que le Seigneur a maudites par ma bouche ; par la cendre sacrée de ma sœur, qui te fut si bonne mère, je t'en conjure !... Je t'en conjure, par la poussière glorieuse de ton bon père, de nos aïeux, tous chevaliers fidèles, irréprochables, qui soutinrent dans Saluces celui qui portait avec justice l'épée souveraine ! Fuis, fuis du piége qu'ont tendu à ton cœur ces avides étrangers. Reviens à moi, à ta patrie, à ton prince. Avec Manfred, deuil et infamie !.... Avec Thomas, le Ciel ! »

Éléard entendait les cris prolongés du vieillard suppliant, et poursuivait cependant sa course rapide. Mais quoiqu'il parût sourd et rebelle, ces paroles tombaient comme des dards enflammés sur son âme émue : et, en n'arrêtant point sa fuite précipitée, en ne retournant point sur ses pas pour re-

tomber aux genoux du vénérable vieillard,
il se faisait violence à lui-même.

Le preux, agité par diverses impulsions
secrètes, s'obstinait à retourner parmi les
généraux alliés, et il cherchait à se per-
suader qu'il suivait le parti de la justice ;
que son oncle, aveugle ami des préjugés,
voulait le séduire. Il compte bien, le généreux chevalier, préserver son esprit de
toute vile tentation ; il entend bien faire de
la vertu, de la vertu seule, et non d'un
vain fantôme, son unique idole! Il veut être
convaincu que c'est la vertu qui dicte à
l'Angevin les promesses magnifiques de gloire
et de bonheur qu'il prépare aux Saluciens
et à toute la Péninsule. Il veut regarder
comme de véritables héros et ce monarque, et ces capitaines, et surtout Manfred.
Mais aussi..... malgré ses résolutions, un
doute irrésistible surgit en lui et le ronge.
Il cache ce doute, mais il le porte dans son
cœur, et il arrive ainsi troublé, désolé,
au camp de Manfred. Oui, il dérobe ce

doute aux yeux des hommes, mais non à lui-même; quelques instants il hésite, mais enfin il ne peut le céder à un guerrier à qui l'attachait plus qu'à tout autre un saint respect. Il lui adresse ces mots :

« Oh ! Arrigo; éloignons-nous un peu, écoute-moi : je ne puis me délivrer d'une angoisse secrète, si je ne t'en parle point comme à un père. »

Le dur baron le regarde fixement, et avec une sévérité observatrice :

« Balancerais-tu, lui dit-il ?

» — Je voudrais regarder comme peu dignes d'attention les discours de mon vénérable oncle, et je ne puis te dire quelle lumière terrible me paraît aujourd'hui briller dans les paroles tour-à-tour indulgentes et redoutables d'un si grand homme! »

Arrigo, fronçant le sourcil, l'interrompt :

« Il suffit qu'après de longues réflexions nous nous soyons résolus à franchir le pas périlleux..... S'épouvanter dans le chemin où l'on est entré, c'est un opprobre. »

Toutefois, quoiqu'Arrigo jetât le blâme au jeune guerrier, il ne se sentait pas le cœur moins troublé qu'Eléard, de la hardiesse prophétique de l'abbé, et il croyait apercevoir dans l'avenir de sinistres et menaçants nuages. Il dissimulait pourtant, et restait inébranlable comme un mortel qui s'est accoutumé, depuis long-temps, à admirer sa propre sagesse et ses propres actions. Tel était l'indomptable Arrigo; il serait mort mille fois, plutôt que de se montrer d'abord décidé, puis irrésolu dans de graves entreprises.

Arrigo communique à Eléard les grandes espérances qu'il a conçues, dans le dessein de réchauffer son ardeur. Le jeune homme écoute, mais il reste dans le doute et la tristesse; puis il reprend :

« Nous devons rester sous le drapeau de Manfred, si, lui-même, fidèle aux plus sacrées des promesses, il ne respire pas la vengeance et ne demande que le pouvoir d'un père, et du premier défenseur de nos

anciens droits. Que si , comme le craint
aujourd'hui Hugues, il ne pouvait se nour-
rir que de haine et d'orgueil, s'il jetait le
masque, pour ne paraître plus qu'un prince
malfaisant, oh! je lui refuserais ouvertement mon bras, et je confesserais devant
le ciel et la terre, que je me suis trompé
en m'attachant à son service. »

Arrigo, surpris du discours magnanime
d'Eléard, réplique avec colère :

« Ta supposition est indigne ! Rappelle-
toi que la fille obéissante de l'inébranlable
Arrigo n'épousera jamais qu'un Guelfe véritable! un Guelfe éternel !!... »

Le dédaigneux vieillard s'éloigne, et Eléard
reste là seul avec sa douleur, ému et non
séduit.

« J'ai voulu et je veux encore suivre la
bannière de l'équité : jamais , dans mon
cœur, ne pourra s'élever d'autre désir ! Des
soupçons seulement peuvent m'assaillir et
me faire douter que ce soit ici le drapeau
de la justice. Et si je m'étais trompé? Si

j'apercevais la fausseté des droits de Manfred ? Un perfide orgueil me retiendrait peut-être sous des armes injustes !.... Ou bien m'avilirais-je pour obtenir la main de la fille d'Arrigo ; non jamais! Je dois t'honorer par le culte de l'imitation de toutes les vertus ; fallût-il, pour t'honorer ainsi, éprouver le plus horrible des malheurs, fallut-il te perdre!.... »

Eléard lève les yeux vers le clocher de la cathédrale de Saluces, peu éloignée de là ; et, se courbant en esprit devant la croix qui le domine, il demande au Seigneur sa lumière pour discerner et suivre la vérité.

La lumière divine brille à ses yeux; puis, les jours suivants, elle l'éclaire de plus en plus, lorsqu'il voit Manfred ne prendre aucune précaution véritable d'humanité, durant le siége funeste, pour protéger et venger les opprimés, tandis que l'armée envahissante se livre sans frein, dans les campagnes, à toutes les infamies.

Le bruit se répand dans le camp que Lunello, vieux seigneur de Cervignasco, a refusé le serment aux envoyés, et qu'une grande multitude de peuple s'est levée en masse pour le défendre. Les chefs craignant que la résistance de Lunello ne serve d'exemple aux autres feudataires indociles, envoient à Cervignasco une bande féroce, avec ordre de tout détruire, de poursuivre partout le brave chevalier, et de le déchirer en mille lambeaux.

Lunello est parent d'Eléard, et le jeune homme l'aimait! Hélas! il ne peut arrêter l'ordre, mais il s'élance sur les traces des brigands; il espère modérer leur fureur; il espère du moins soustraire aux meurtriers les jours précieux du seigneur, de ses enfants, de quelqu'un d'entre eux!.... Ah! déjà, déjà, le bourg est envahi, saccagé, ensanglanté! Le brave Lunello, couvert de blessures, prend la fuite, et parvient à peine à l'ombre sacrée d'une église, entraînant avec lui sa vieille compagne, ses belles-filles et leurs enfants encore suspendus à leur sein!.... Voilà les sacrilèges dans le temple! Voilà les victimes collées à l'autel!.... Eléard entre, s'avance, crie : Les coups funestes étaient portés! Lunello, étendu à ses pieds dans le sang, lui adressait ces dernières paroles :

« Si tu es Eléard, ne prête point obéissance à l'impie Manfred; imite mon exemple; meurs sans t'avilir! »

L'église pillée, les soldats s'élancent à la recherche de nouvelles proies, et Eléard reste entre ces cadavres, près de cet autel, dans les angoisses du désespoir, il pleure, Il hurle, il s'arrache les cheveux!.... Mais quoi! Qui le saisit vigoureusement par le bras et lui parle?... Le prieur de Staffarda. Le vénérable religieux allait visiter son bon cousin Lunello, et, ô épouvantable surprise! il devait être le témoin de la bataille et de la ruine de Cervignasco; les bruits populaires l'avaient ensuite poussé près des autels sanglants.

Il a saisi son neveu par le bras, et avec une voix imposante :

« Malheureux, lui dit-il, après de pareilles fautes, ce ne sont point des larmes, mais un généreux repentir!.... Laisse à un moine le soin de ces tristes dépouilles de justes, massacrés par des brigands sanguinaires, et toi, entreprends les œuvres du héros. Expie ton court délire : appelle, réunis, anime les preux de la contrée. Tous ensemble, liez-vous par de redoutables serments : redeviens un pieux Gibelin et va combattre ! »

Le jeune chevalier baise les pieds de cet homme sublime. Hugues le relève avec force, lui répète son ordre, lui montre ses parents égorgés, et l'autel sanglant, et les croix brisées. Éléard frissonne; une lueur d'espérance brille à son esprit; son cœur retrouve de l'énergie; il disparaît.

Que devient-il, pendant que son oncle désolé demeure dans le temple, au milieu des gémissements de quelques paysans inconsolables et de quelques femmes pieuses, pour rendre à tant de victimes les derniers devoirs de la charité ?

Eléard, déchiré par la lutte qui s'élève dans son âme monte en selle ; et, semblable à un forcené, erre dans les chemins, dans les prairies, dans les sables des torrents, se demandant à lui-même, et demandant au Ciel ce qu'il doit faire. Une impulsion puissante l'agite, et le presse à chaque instant d'obéir sans délai, en redevenant Gibelin, aux ordres sacrés de Lunello expirant, aux ordres de son oncle. Mais l'ange insidieux du mal réveille dans son cœur ce doute flatteur. « Et si, aux malheurs inévitables de ces jours atroces, qui jettent peut-être une fausse couleur de perversité sur les intentions bienfaisantes de Manfred, succédaient réellement des preuves insignes de haute sagesse et de justice dans ce prince, qui ferait naître pour ma patrie une longue ère de gloire et de prospérité?.... Jamais entreprise importante ne s'accomplit sans holocaustes, et ils ne doivent point effrayer l'âme du héros, qui aspire à une gloire légitime. »

C'est ainsi que, dans les incertitudes, les illusions, les remords de son âme, Éléard rentre parmi les bandes des assiégeants.

IV

La conscience est malheureusement trop
féconde en fallacieux prétextes, pour em-
bellir les projets favoris de l'homme, lors
même que la lumière inexorable de la raison les condamne. Mais celui qui ne marche pas dans le sentier de l'infamie, par
amour de l'iniquité, sent toujours dans
ce sentier, semé en vain de fleurs magi-
ques par des mains infernales, un frisson
importun, une infection confuse qui se mêle

à ces parfums, qui l'arrête et le force de
reculer ; sentiment semblable à ces terreurs
inconnues, qui assaillent dans les déserts
le coursier intrépide ; si près de là se cache
le tigre.

Les illusions hypocrites de la conscience
sont inutiles chez Eléard : il porte sur le
front l'indignation de l'homme qui vit au
milieu de brigands qu'il a démasqués ; plus
il les regarde, plus il frémit d'horreur ; et
cependant l'insensé voudrait encore les ex-
cuser et les aimer !

Oh ! comme la fin de cette abominable
journée parut affreuse à Eléard ! comme
une nuit plus triste encore agita tous ceux
qui, comme lui, conservaient des sentiments élevés et généreux ! Hélas ! le len-
demain arriva bien plus funeste que la
veille ! Il éclata tout-à-coup dans Saluces
une perfidie qui en hâta la chute. De différents côtés à la fois se déclare un affreux
incendie, et le peuple effrayé accueille les
plus calomnieuses insinuations. On accuse

Thomas d'avoir lui-même ordonné l'incendie, afin que le clément Manfred, devenu vainqueur, ne trouve plus dans la ville que des monceaux de cendre.

Au même moment, les ennemis du dehors courent à l'assaut. Déjà on s'élance, on franchit les murailles ! Thomas est contraint d'abandonner les quartiers habités, et de se retirer précipitamment vers les hauteurs de la forteresse, qui lui présente à lui et aux siens un dernier asile.

Saluces ne fut point une grande et célèbre capitale renversée par d'innombrables phalanges ; ses douleurs ne vinrent point étonner le monde ; elles ne trouvèrent point de chantres illustres parmi les nations, mais ses douleurs furent épouvantables.

De nouveaux désirs de vengeance tourmentaient l'âme cruelle du perfide Manfred, depuis qu'il avait vu, près des murs de la ville, écraser à ses pieds sous les pièces de bois et les éclats de rochers jetés

par les habitants, plusieurs amis, entre
lesquels un frère, le plus chéri de deux
frères, dignes de lui par leur valeur et leur
cruauté.

Dans tout vaincu armé, même dans les
hommes sans armes, même dans les vieillards, jusque dans les femmes, le furieux
croyait apercevoir la main ennemie qui
l'avait privé de ce frère; ivre de fureur,
il aurait tout exterminé. Cependant il retenait sa propre épée ; mais celle de toute
cette multitude fanatique, accourue pour
seconder ses fureurs, il ne la retenait pas.

Ma lyre se refuse à redire les calamités
inouies qui signalèrent ce jour sans exemple. Vaines et folles espérances des vaincus. Comme on repousse les prières ardentes
qu'adressent des malheureux renversés dans
le sang de leurs enfants ou de leurs frères !
Comme on méprise aussi, et avec raison,
les applaudissements de cette populace stu-
pide et féroce, qui veut féliciter les vainqueurs, en les appelant libérateurs, en-

voyés pour relever tous les droits du peuple !
Les vierges, baignées de larmes, les mères
et les enfants se rassemblent en vain trem-
blants devant les scélérats infâmes, pour
leur rappeler les doux noms de pitié, de
justice, d'innocence !... Oh ! quels outrages
indicibles !

Des haches sacriléges ébranlent les portes
de la plupart des maisons de Dieu, et là les
vieux prêtres tombent sous les coups des
meurtriers, et les brigands jouent avec les
reliques et les vases sacrés !

Ce ne furent que violences, rapines et
massacres, le jour entier et la nuit suivante,
et déjà une partie des troupes et des bandes
courent investir la citadelle.

Les vaincus maudissaient les pompes de
l'astre éblouissant, à la vue de leurs ruines
et de leurs cadavres, quand de nouvelles calamités survinrent.

L'impudence d'aussi horribles dépréda-
tions réveille la fureur des infortunés. Éléard

ne résiste plus à la fougue irrésistible de son indignation : « Je me suis trompé! s'écrie-t-il hautement parmi le peuple ; je songeais que Manfred serait le père de la patrie, mais il se montre un usurpateur infâme!.... Je romps tout lien avec Manfred, devant lui et devant vous! »

Autour du guerrier, cent jeunes gens vigoureux tirent un poignard caché dans leur sein, ou arrachent de vive force les armes de leurs ennemis, et ce petit escadron, créé tout-à-coup, ose un instant espérer des prodiges. Un combat horrible, désespéré, s'engage sur la place ; plus d'une fois Eléard et l'impie Manfred se rencontrent ; en vain ils entrechoquent leurs armes ardentes.

Eléard et Arrigo se rencontrent aussi ; souvent le jeune homme peut immoler le vieux guerrier, mais quoiqu'Arrigo l'insulte, il l'épargne avec une piété filiale. A la fin, la troupe intrépide des cent héros est accablée par le grand nombre ; elle recule

et sort presqu'entière des murailles de la
ville, poursuivie dans la campagne, jusqu'à
ce que l'épaisseur des forêts la dérobe aux
brigands.

Cependant une nouvelle catastrophe s'ac-
complissait aux yeux de Saluces. La forteresse elle-même tombe au pouvoir des ré-
voltés; Thomas en sort prisonnier avec ses
pauvres enfants, et les illustres captifs sont
traînés dans des prisons différentes.

La chute de Thomas du trône de ses
pères ne fut point sitôt accomplie, que la
nouvelle de ce triste évènement parcourut
les plaines et les collines de la contrée ;
Eléard l'apprit dans ses forêts. Alors notre
héros et ses amis découragés perdent les
espérances audacieuses qu'ils ont nourries
dans l'ivresse du premier enthousiasme,
et, si tous ne veulent pas y renoncer tout-
à-fait, ils ne les poursuivent plus que
dans les espaces d'un avenir indéfini. Ils
répètent entre eux, avec transport, leur
serment d'amitié et de fidélité aux Gibe-

lins ; ils s'embrassent avec douleur, en bai-
gnant de larmes fraternelles leurs poitrines
guerrières, et tous courent à leurs différentes destinées.

V

Oh ! c'est sans doute un des remords les plus déchirants qu'éprouve l'homme non corrompu, lorsqu'il se trouve tout-à-coup coupable, quand de grands malheurs viennent fondre, non pas tant sur sa tête que sur la tête des personnes qui lui sont chères, sur toute sa patrie qu'il voit, sans pouvoir la secourir, se débattre dans une sanglante agonie ! Le neveu de Hugues arrive pendant la nuit au monastère, et en demande l'entrée.

« Où est mon oncle ?

» — Noble chevalier, les psaumes viennent de finir, mais il est resté dans le
temple.

» — J'irai l'y trouver.

» — Vous troubleriez peut-être son oraison la plus fervente. Ecoutez ; attendez. »

Sans s'arrêter à ces mots, le chevalier
entre, traverse la longue cour, marche à
la chapelle. Il ouvre la porte, avance en
tramblant, et, à la lueur pâlissante de la
lampe sacrée, il aperçoit le vieux moine
prosterné devant l'autel. Hugues se lève
aussitôt, au bruit de ses pas :

« Holà, qui es-tu? Sommes-nous assaillis
par les bandes des traîtres?.... Mais que
vois-je? Malheureux !..... Dans la maison du
Seigneur !... Recule : tu es couvert du sang
de tes concitoyens? »

Éléard recula jusqu'à la porte, confus,
effrayé, et poussant des soupirs suppliants
du fond de sa poitrine. Enfin il se jeta aux
pieds de son oncle, en versant des larmes

abondantes ; puis il comprima ses amers sanglots, leva le front et dit :

« Homme de Dieu, ne me maudis pas encore ! Prête l'oreille aux accents de mon âme désespérée !

» — Qu'est devenu Saluces?

» — Elle est tombée ! pillée ! consumée !

» — Qu'est devenu son maître ?

» — Il est prisonnier !

» — Quels sont les projets, quels sont les actes de Manfred?

» — Abominables !

» — Et les troupes du provençal, son protecteur.

» — Elles se vautrent dans le crime et l'infamie !

» — Et c'est pour ces gens-là que l'indigne fils de ma sœur a porté l'épée?

» — Mon infâme épée, je l'ai brisée, et je viens ici pour cacher aux vivants mon ignominie. Par cet autel redoutable, je jure que j'ai été trompé ! Je jure que je croyais m'engager dans une guerre magnanime, que je croyais sauver ma patrie ! Enfin l'àme hypocrite de Manfred s'est dévoilée à moi ; je sais autant que toi ses œuvres perfides ; j'abjure la folle haine que j'ai nourrie contre le pouvoir qui vient de succomber ; et je prie Dieu pour Thomas ! Je le prie de susciter des vengeurs puissants qui l'arrachent à sa captivité, qui repoussent les drapeaux étrangers ; que Thomas remonte au trône de ses ancêtres, et console la patrie !

» — O Eléard, ô mon fils, lève-toi ! Le Ciel aime celui qui reconnaît ses fautes. Pleure dans mes bras tes courts égarements, et reprends une noble confiance.

» — Après une si grande erreur, je ne peux concevoir qu'une seule espérance : je peux implorer et attendre la miséricorde divine, mais loin des hommes, mais dépouillé de toute la gloire mondaine. Ah ! je perds tout ce qui pouvait me plaire ici-bas ! J'affronte la haine du père ! la haine de sa fille elle-même ?.... Je suis mort aux choses de la terre ; je veux ensevelir ici mon nom dans les angoisses de la pénitence !

» — Toi, religieux ! Serait-elle réelle cette vocation du Roi des cieux ?.... Écoute.

» — Hugues, ne résiste pas, ne doute pas de l'appel que Dieu fait retentir à mon cœur. L'honneur, le devoir me contraignent à déposer les armes que j'ai prises pour le tyran, et ma retraite est une loi qui m'enlève pour toujours celle que j'aimais !.... Après un pareil sacrifice, je méprise le monde : une mort désespérée, ou les pleurs consolants du cloître, voilà tout ce qu'il me reste !

» — Mon fils, s'il en est ainsi décidé par l'Éternel, il en sera ainsi. Mais, en attendant, Dieu m'inspire un conseil ; écoute, obéis.

» — Je te donne ma parole ; j'obéirai !

» — Que ta bouche, que ton bras brisent ouvertement le lien sacrilége qui t'unissait aux étrangers. Rends tes hommages à la justice ; offre ton sang à la patrie. Consacre généreusement ta tête et ton épée au maitre légitime qui gémit dans l'oppression. Appelle des libérateurs; réveille les hommes de cœur; encourage les faibles; dis-leur que l'espoir et la bravoure peuvent des prodiges! »

Éléard rougissait, pâlissait à ce discours; il rougissait de nouveau, et balbutiant :

« J'obéirai, dit-il, mais.....

» — Plus d'hésitation, dit le vieillard; retire-toi. Va servir ton prince et Saluces.

» — Comment?

» — Adresse-toi à Dieu; il t'inspirera. Fais en sorte que le zèle des seigneurs fournisse la somme nécessaire pour racheter Thomas; réveille la puissance des Visconti; réveille nos guerriers; combats; achète au prix de ton sang une place honorable parmi les vainqueurs, ou bien meurs, Éléard!

» — Moi, que je tire l'épée, pour rencontrer peut-être, peut-être pour égorger Arrigo? Tu demandes trop, tu demandes trop!!!

» — Après de nobles exploits, tu rap-

porteras ici un front plus digne du Seigneur;
loin d'immoler Arrigo, peut-être auras-tu
l'occasion du sauver ses jours ! »

Les gestes, les regards, la voix du vieillard tenaient du prophète. Et en parlant
ainsi, il prit fortement la main d'Eléard, et
de la porte le conduisit près de l'autel. Là,
il détacha de la muraille une vieille et
lourde épée :

« Voici l'épée, dit-il, que j'ai portée
dans ma jeunesse; je l'ai abreuvée du sang
des Sarrasins; prends-la, et, comme je com-
battais pour tes frères opprimés, va combattre ! »

Eléard s'enflamme; il prend l'arme sainte,
la dégaîne, la baise et la place sur l'autel. Il
atteste Dieu qu'il la tirera contre les impies,
implore les prières de son oncle, et part.

Et quand il fut parti, Hugues se pros-
terna de nouveau dans le temple, et pria
long-temps pour son neveu, jusqu'à ce que
les moines vinrent au chœur, vers l'aurore,
commencer l'office des Laudes. Alors le

saint abbé dit à la pieuse communauté :
« Priez pour Saluces ! »

Et, les yeux baignés de larmes, il se mit
à raconter les horreurs de la guerre, et
les religieux, en se rappelant le souvenir
de leurs parents et de leurs amis, pleu-
rèrent aussi. Puis ils prièrent pour Thomas
et ses fidèles serviteurs ; ils prièrent aussi
pour les oppresseurs, en suppliant seulement le Ciel de leur enlever un triomphe
qui enflait leur cœur d'un funeste orgueil.

VI

Chez un peuple divisé par des discordes
civiles, il y a peu d'espoir de salut, lorsqu'une jeunesse imprudente cherche avec
ardeur et enthousiasme à cueillir des lauriers brillants, mais mensongers et impossi-
bles, et que l'esprit de la vieillesse s'af-
faisse dans la torpeur, alors aucun vieux
guerrier ne lève un front vénérable, pour
diriger et modérer leur audacieuse inexpé-
rience.

Ce besoin d'un homme illustre, dont la patrie admire la véritable valeur, se fait surtout sentir au milieu des époques dégénérées, et il succède pour long - temps à ce besoin une domination folle, sanguinaire, anarchique, œuvre multiple et confuse d'enfants héros, jusqu'à ce qu'enfin affaiblis et dégradés, ils courbent aussi la tête sous un joug paisible.

Les jours de Saluces que je chante étaient tristes, mais ils n'étaient pas corrompus à un tel point. La jeunesse était ardente : mais, au-dessus de ces astres naissants, brillaient de généreux vieillards, célèbres par leur bonté et par leur valeur.

Parmi eux se distinguait un prince, Jean, le maître invincible des hautes tours de Dogliani. C'était le frère de l'aïeul de Thomas ; et, parmi les seigneurs, aucun n'égalait Jean dans la loyauté avec laquelle il remplissait les devoirs d'ami, de père, de fidèle serviteur envers ceux qui avaient besoin de conseil ou d'appui. Aux temps éloignés, il surpassait ses mille frères d'armes dans les luttes de la patrie, comme dans les guerres d'outre - mer, sous le drapeau des champions du Christ : Son bras est moins robuste aujourd'hui, mais son intelligence est toujours active et forte, son cœur toujours pur. Grande est la fidélité du respectable chevalier à son neveu captif, qu'il aime comme un père tendre aime son fils, et en même temps comme un bon guerrier aime le maître, auquel il doit hommage.

Jean, avec d'autres seigneurs dévoués à Thomas et au parti gibelin, travaillaient avec ardeur à réunir assez d'or et de pierreries pour compléter enfin la somme énorme qu'exigeait Manfred, pour rendre la liberté au marquis et à sa famille.

Un jour, dans les salles de Dogliani, il avait réuni à un repas triste et sombre quelques amis ardents et fidèles, pour délibérer avec eux, et pour les exciter, en leur prodiguant de la manière la plus adroite des éloges, des paroles d'espérances, des prières. Après la table, les guerriers assemblés, dans l'ardeur de leurs projets et de leurs entretiens, faisaient retentir du bruit de leurs discours les hautes murailles du château, garnies de fer, lorsque le valet d'armes entra : « Eléard, dit-il. »

A ce nom, les sourcils des Gibelins se froncent.

« Jean, donneras-tu entrée dans ta demeure à un Guelfe insolent?

» — Que le felon entre !.. Sans doute, Manfred l'envoie; il faut l'entendre. »

Aucun de ces généreux guerriers indignés ne savait qu'Eléard était un de ceux qui, à la vue des derniers brigandages, avaient hasardé dans Saluces un combat désespéré, inutile, mais glorieux.

Il est introduit dans la salle. Les Gibelins irrités lui accordent à peine un salut sévère.

« Par quel hasard un Guelfe vient-il à moi !

» — Seigneur de Dogliani, il a plu au Ciel d'enrichir le château de mes ancêtres

7

d'un trésor assez considérable. Vous voyez
cette bourse, ces perles orientales et ces
diamants ; ils pourront servir à hâter la dé-
livrance de mon malheureux maître.

» — Que vois-je ? puis-je en croire mes
yeux ? Vous qui avez juré à Manfred !....

» — Je lui avais consacré mes armes,
parce que je le croyais un pieux libérateur ;
je l'ai trouvé un tyran perfide ; j'ai rétracté
un serment qui ne me liait plus. »

Le calme renaît sur le front assombri
des chevaliers ; ils tressaillent, entourent
le nouveau venu, lui pressent la main,
et, grace à l'or qu'il vient d'apporter, ils
voient qu'ils possèdent maintenant plus que
la somme nécessaire au rachat de leur
maître ; ils bénissent le Ciel.

Ce jour-là même, le seigneur de Dogliani
se rendit au camp royal, et racheta la liberté
du prince et de ses enfants ; des envoyés
volèrent à Cunéo, à Pignerol, et le len-
demain, l'heureux Thomas sortit libre du
château que baigne le Gesso, et les jeunes

princes de l'autre forteresse ; ils s'embras-
sèrent avec des larmes de joie, et quittèrent
le sol natal pour se réfugier avec Richarde,
au palais hospitalier des Visconti.

Jean et quelques autres accompagnèrent
ces chers exilés ; parmi ses amis, il y avait
un chevalier, dont une visière de fer cachait
la figure. Le seigneur de Dogliani raconte
à Thomas, chemin faisant, comment il avait
trouvé les dernières parties de la somme
exigée. Le prince demande où est le généreux Eléard : « Vous voyez, lui répond Jean
à demi voix, ce chevalier qui cache sa
figure, et n'ose point s'approcher : c'est
Eléard. Il vous accompagne jusqu'aux fron-
tières, et puis il veut retourner à ses terres,
pour y maintenir votre drapeau et y préparer des ressources pour le jour où le Ciel
vous appellera à la victoire. »

L'exilé ému ne peut garder le silence ;
tournant son cheval, il s'approche d'Eléard ;
et, l'appelant par son nom avec amitié :
« Graces éternelles vous soient rendues, lui

dit-il, on vient de m'apprendre toute la reconnaissance que je vous dois. »

Le jeune homme voulut sauter à bas de
son cheval et se prosterner, au souvenir
de la frénésie qui l'avait armé contre son
maître. Mais Thomas descendit en même
temps, et le retint par un vif embrassement ;
Richarde et ses fils vinrent à leur tour près
du chevalier, en le remerciant, et, lui
disant, que sans Eléard, le terme de leur
captivité eût été encore bien éloigné.

Cependant Thomas ne paraissait plus à
craindre à ses ennemis, et, dans leurs chansons mordantes, ils le livraient au ridicule.
Mais leurs chansons cessèrent, lorsqu'on
apprit tout-à-coup que Thomas n'était pas
dans le palais des Visconti, enseveli dans
de vains regrets et dans un ignoble repos,
et qu'il l'avait déjà quitté pour retourner
rapidement dans les montagnes, au milieu
de phalanges bien équipées, afin d'y lever
l'étendard de la guerre.

A cette nouvelle, Manfred pâlit sur son

trône ; mais, couvrant ses terreurs par la
colère, il s'écrie hautement : « La première
fois, nous avons épargné la vie du malheureux ; maintenant il revient dans nos mains,
et la hache punira son audace. »

Bientôt la guerre recommença avec toutes
ses horreurs. Alors, on vit accourir dans
les deux camps le saint abbé de Staffarda,
implorant en vain la pitié pour les guerriers
captifs. Manfred lui répondait avec mépris,
en égorgeant sous ses yeux les victimes ;
dans l'autre camp, les preux l'écoutaient
avec respect, mais ils répondaient qu'une
coutume légitime établissait les vengeances
dans la guerre, comme l'unique moyen de
modérer ses adversaires dans ces abominables excès.

Hugues gémissait sur toutes les victimes ;
nuit et jour il tremblait qu'Eléard ne tom-
bât dans quelque bataille au pouvoir de
Manfred.

La fille d'Arrigo ne gémissait pas moins ;
bientôt la justice du parti des Gibelius

avait brillé à ses regards, et elle pleure, en reconnaisant dans quelle erreur funeste s'engage son père. Tremblante pour lui, pour Eléard, elle vivait, avec des compagnes bien-aimées, dans le château paternel à Envie. Les passants la voyaient de loin monter sur l'une ou sur l'autre des sept grandes tours d'Envie. Dans la plaine, ou sur les hauteurs, l'infortunée apercevait les partis féroces aux mains; et parfois, dans l'éloignement, elle croyait distinguer le casque brillant d'Arrigo ou d'Eléard, ou des deux guerriers qui se combattaient. Et la pauvre Marie en larmes se prosternait, priant le roi du Ciel et la reine des Anges, et souvent elle passait de longues journées à affliger par le jeûne son corps délicat, et elle veillait des nuits entières, dans une oraison ardente, offrant ses propres souffrances à Dieu, pour le salut des personnes qu'elle aimait. Ses suivantes fidèles et ses vieux domestiques vivaient avec elle dans une pénitence et un deuil continuels. L'âme ef-

frayée s'ouvre facilement aux vaines terreurs.

Tantôt, du haut de la tour, ils voyaient
des croix de sang sur les nuages, et des
fantômes, et l'immense faux et le bras de
l'ange de la mort; tantôt c'était le cri du
hibou ou le triste hurlement de la chienne
égarée dans la nuit, qui leur annonçait des
calamités prochaines. D'autres fois, les sen-
tinelles du château entendaient à minuit la
mère de Marie sanglotter dans son tombeau,
ou le découvrir lentement pour en sortir,
puis monter les escaliers obscurs, et ap-
peler d'une voix rauque son époux et sa
fille bien-aimée.

Pour calmer ses peines et ses terreurs,
le sombre Arrigo venait quelquefois se consoler lui-même près de l'innocente Marie.
Il l'affligeait par ses manières sévères; il
lui reprochait ses larmes; puis il s'atten-
drissait, il l'embrassait et la suppliait d'é-
lever ses vœux au Ciel pour les Guelfes.

Cependant Marie lisait de plus en plus,

sur les rides du front pâle de son père,
les sinistres pressentiments qui l'agitaient.
Un je ne sais quoi d'insinuant animait la
voix touchante de la vierge, et forçait toujours le vieillard à lui découvrir peu à peu,
de secrètes et de nouvelles douleurs.

Un jour il lui dit :

« Ne prie plus pour les Guelfes ! Nous
sommes abandonnés de Dieu ! L'orgueilleux
Manfred a trompé mes espérances : il ne se
soucie ni de mes conseils, ni de mes prières.
Il veut des paroles flatteuses : je ne sais
les donner. Un troupeau d'infâmes courti-
sans applaudit à toutes ses tyrannies, les
provoque, et le fait servir comme un instrument aveugle à leur soif insatiable de
trésors et de vengeances. Nous voulions
apporter la modération et la justice, nous
avons apporté la démence et le crime. Un
à un, nos braves amis se séparent de nous ;
maintenant peu nombreux, exécrés de tous ;
nous allons être souillés d'une ineffaçable
ignominie !

» — Oh ! quel affreux discours.... O mon malheureux père ! Les voilà donc vérifiées, les prédictions de Hugues ! Laisse enfin le drapeau sacrilège de Manfred ; accepte ta grace de Thomas.

» — Il est trop tard, ma fille ! Manfred s'est égarée, mais il est malheureux. Le lâche seul s'éloigne d'un maître infortuné !

» — Mon bien-aimé père, pense donc....

» — Que je ne suis pas un lâche, que je dois tomber avec Manfred.

» — Mais le nom d'Eléard ne sera point entaché du reproche de lâcheté...

» — Eléard, quand il a quitté nos éten-dards, a couru se rallier au drapeau d'un prince exilé : la résolution était téméraire, mais généreuse. Aujourd'hui, il n'en serait point de même, si j'accourais près d'un maître que favorise la fortune. Cesse tes plaintes et tes prières : demain on combat, et demain, si Dieu n'opère pas pour nous des prodiges.... ô ma fille, tu n'as plus de père !

» — Paroles cruelles !....

» — Je viens te bénir pour la dernière fois peut-être ! Avec un courage digne de toi, écoute, Marie ! Nous ne sommes point une race de lâches ; essuie tes larmes ; réprime tes sanglots ; je te l'ordonne. Ecoute : je mets une condition à la bénédiction que je t'apporte.

» — Laquelle ?

» — Tu sais que je meurs Guelfe, et ta main sera maudite, si tu l'offres à un Gibelin.

» — Rassure-toi, ô mon père ! je comprends.... si tu meurs Guelfe, jamais ta fille ne sera l'épouse d'un Gibelin.

» — Que le Seigneur répande donc toutes ses faveurs sur ta tête ! Que, me punissant seul, moi seul, de mes fautes, il épargne ton âme !.... »

Il dit. Puis il recommanda sa fille à un serviteur, s'arracha de ces lieux et disparut.

Pendant trois jours, Marie ne cessa de s'abandonner à une délirante douleur.

« Impie Eléard ! Pourquoi courais-tu dans les rangs du parti heureux, destiné à la victoire, sans entraîner, sans sauver avec toi mon père par de douces prières, par de douces violences ? Oh ! que n'es-tu resté parmi les Guelfes ! Ton bras valeureux les aurait soutenus. Nous avons perdu en toi un guerrier fatal.... Souvent tu as décidé la victoire en faveur des Gibelins. Tu as donné une impulsion puissante à la fortune d'un fugitif ; c'est toi qui es la première, la seule cause de nos défaites. Et jusqu'à cette heure, moi, fille dénaturée, oublieuse des périls d'un père justement chéri, j'ai toujours adressé secrètement mes prières pour tes jours ! Ces prières je les abhorre !.... Que mon père se conserve ! Que mon père triomphe ! Que mon père renverse ses ennemis, les miens !.... Oui, je suis Guelfe, je suis Guelfe ! Elle est fausse cette renommée qui donne maintenant aux Gibelins la

gloire des vertus! Un véritable amour de
la patrie enflamme nos cœurs; vous calomniez Manfred ; vous calomniez mon père,
ami de toutes justices ; mais nous sommes
vaincus, et un monde méprisable nous maudit !!!.... »

C'est en ces termes que Marie inconsolable
exhalait son immense douleur, et elle faisait
entendre tour à tour les accents de la colère, de la compassion et de l'humble et
ardente prière. Elle promettait au Seigneur,
si son père échappait à la destruction, de
se faire la tutrice des orphelins, des veuves,
des infirmes, des pèlerins, et d'offrir chaque
année, de riches présents, tant au célèbre
monastère de Riffredo, qu'aux autres saints
asiles de l'innocence. Elle aurait voulu,
aux promesses que lui dictait son cœur,
ajouter la promesse de prendre à Riffredo
le saint voile; mais l'infortuné ne pouvait
s'y résoudre, en pensant à la solitude d'un
père sans enfants!... Oh! comme l'infortunée Marie reste attachée au haut de la

tour, pour épier tout mouvement lointain de soldats, de voyageurs; et alors elle sent croître en elle une indicible terreur, qu'elle regarde comme un pressentiment infaillible d'une grande calamité.

Mais quels sont ces deux hommes qui volent rapidement sur leurs coursiers à travers la plaine? Pour eux les routes frayées sont trop longues; ici, ils franchissent un ruisseau; là, ils s'avancent à travers les ronces d'un buisson, toujours cherchant la direction la plus courte. Ils paraissaient marcher vers le bourg de Revello; cependant ils ne s'y arrêtent pas, et sans doute ils courent au domaine d'Envie. Quelle nouvelle inquiétude dans l'âme incertaine de Marie! Tantôt elle tend le cou pour regarder en silence; tantôt elle se désespère, elle se lamente, elle tremble de savoir quels peuvent être ces guerriers dont la course est si rapide. A la fin elle reconnaît qu'ils ne portent pas l'habit guerrier; puis elle suppose et bientôt elle s'assure que l'un d'eux est le bon prieur, et l'autre un frère lai. Ce n'est plus un doute; ce sont bien eux !

A cette vue elle chancelle, mais elle ne perd pas encore les sens. Ses suivantes la soutiennent : « Hugues, s'écria l'infortunée, vous venez m'annoncer la mort de mon père ! »

Mais, quand elle entendit retentir près du château les pas des coursiers, sa crainte et sa douleur furent si grandes, qu'elle s'évanouit tout-à-fait.

Hélas! les suivantes et les serviteurs la croient morte quelque temps. Elle revient enfin à elle-même, et voit entrer le vieillard pâle, troublé, désolé.

« Mon père !.... Dites.... où est sa dépouille?

» — Il vit encore; mais captif, il est soumis à la loi cruelle qui condamne les prisonniers à mort !

» — Malheureux Arrigo ! Oh ! combien

plus heureux, les guerriers qui ont succombé sur le champ de bataille. Et vous le laissez traîner au supplice?.... L'homme de Dieu ne doit-il point intervenir, pour désarmer le féroce courroux des vainqueurs?

» — Ah! jeune fille, vous ignorez les efforts inutiles que j'ai tentés près de Thomas! Ses ennemis, il y a quelques jours, ont eu la cruauté d'immoler dix illustres Gibelins, leurs captifs. De là le cri universel de l'armée qui demande qu'on venge les victimes. Arrigo mourra demain avec neuf autres : Thomas refuse de révoquer son ordre; il m'a repoussé. Il ne reste plus qu'un moyen à essayer : Suivez-moi au camp; nous forcerons l'entrée de la tente du prince; peut-être vos larmes toucheront son noble cœur, exaspéré par les excès d'ennemis que la rage transporte.

» — Le Ciel vous éclaire! marchons! »

La vierge se prépare promptement; bientôt, suivie de quelques domestiques, elle dirige, comme Hugues, son coursier rapide vers le camp des Saluciens.

A une petite distance de Saluces, Arrigo était enchaîné à un arbre, au milieu de Gibelins furieux. Cet intrépide vieillard, comme un homme qui avait aimé la gloire de sa patrie et rêvé pour elle une prospérité brillante et impossible, regardait maintenant avec stupeur, telle qu'une vision trompeuse, cette dernière défaite, cette perte horrible de toute espérance, ce triomphe des Gibelins et de Thomas, et cette guerre terminée en quelques combats, sans autres conséquences que des massacres, des déceptions, de la misère, de l'opprobre et des sacrilèges! Et tout cela des deux côtés, par un zèle ardent qu'on croyait pour la vertu et pour la patrie !

En regardant à ses pieds ce lieu, où, dans des jours prospères, s'élevait Saluces, dont aujourd'hui les murailles sont renversées, et dont l'intérieur, au milieu d'horribles ruines, ne présente plus que quelques

vieilles demeures, quelques vieux temples
avec leurs noirs clochers, et quelques nouvelles habitations à peine achevées, Arrigo
sent son âme fière céder à un sentiment extraordinaire de pitié. Dans la fougue des joies
guerrières, un jour, il avait vu, avec
des yeux insensibles, les flammes et le
pillage dévaster Saluces. Mais, l'ivresse dis-
sipée, le chevalier s'afflige des injustices
commises, et il dit malgré lui : « Voilà
pourquoi le Ciel condamne Manfred, et les
Guelfes et Arrigo avec eux. »

Puis il chasse cette pensée ; elle revient
frapper son esprit, mais il veut la dissimu-
ler ; il conserve un front hautain, et jette
le regard du mépris sur les vainqueurs.

Il voudrait chasser une autre pensée plus
douce, mais aussi plus déchirante. Il aperçoit sa fille dans les sombres appartements
d'Envie : il entend ses gémissements lamen-
tables ; il la contemple seule, orpheline,
sans proches parents, sans amis pour la
secourir, et les yeux du vieillard se rem-

plissent de larmes amères, et il ne peut retenir ses sanglots, et, de ses mains décharnées, il se cache la figure de honte et il rougit.

Un des gardiens, comme jadis les faux amis de Job, le plaint et l'encourage.

« Ne t'avilis point, brave guerrier ; le destin des mortels est écrit dans le ciel ; nous devons toujours adorer les volontés impénétrables de Dieu ; ne pas s'y soumettre, c'est lâcheté, c'est impiété.

» — Tais-toi, impudent Gibelin : je sais que Dieu est juste ; je sais qu'il punit les fautes de celui qui a peu honoré ses autels, qui a vécu d'orgueil et de colère ; je sais que celui-là mérite de tomber sous des mains iniques et inexorables. Je ne me révolte point contre Dieu ; je ne blâme point ses rigueurs ; ce ne sont point de lâches tremblements qui me saisissent près de la mort. Ah ! c'est l'angoisse de la vertu qui me serre le cœur. J'ai une fille qui reste orpheline, et c'est son malheur qui fait couler mes larmes.

» — Dieu est le père des pupilles abandonnés.

» — Tu dis vrai; mais la terre est pleine de pupilles outragés, trompés, dépouillés de tout; et peut-être, hélas! Dieu punit sur eux les fautes de leurs pères! Voilà pourquoi je m'effraie, moi pécheur, du sort qui menace ma fille innocente.

» — Vous avez raison de vous effrayer, Guelfes coupables, qui avez incendié tant de maisons, qui avez immolé tant d'holocaustes sacrilèges : le Gibelin est plus pieux.

» — Nous sommes tous des impies, qui tous voulons vanter notre amour pour la justice, et qui opprimons toujours la patrie avec nos folles ambitions, qui foulons aux pieds la nature, la justice, l'innocence, l'honneur!... »

Ainsi, de la bouche du farouche vieillard,

sortaient des discours mêlés d'une audace indomptable et d'un sincère repentir. Il pliait
la tête sous les foudres divines, mais il haïs-
sait les conseils des hommes; et dans ses
regards, si près de la mort, brillaient confu-
sément le Ciel et l'Enfer.

VII

Elle est belle entre toutes les actions
humaines, celle de l'homme qui brûle du
désir de la paix et du pardon, non pour sa
propre félicité, mais pour le bien des autres,
mais pour servir Dieu, la patrie bien-aimée,
et les malheureux qu'il chérit et qu'il veut
consoler! Telle est votre fonction dans les
discordes civiles, vénérables vieillards, qui
avez consacré vos jours à l'autel du Dieu de
paix !

Hugues et Marie arrivent au camp, et tandis qu'ils dirigent leur course ardente vers le pavillon du marquis, ils voient Arrigo, parmi ses gardiens, lié par une chaîne à un pieu fixé en terre.

Avec quelles larmes, avec quels cris la jeune fille s'élance dans les bras de son père chéri! Quel accent céleste ont les douces paroles, que sa piété filiale adresse à un père si malheureux! Il presse l'innocente Marie sur son cœur : « O joie, s'écrie-t-il!... Mais, ô joie insensée! nouvelle douleur horrible! Ah! pourquoi Dieu ne me l'a-t-il pas épargnée?.... Mon destin n'était donc pas assez misérable, moine cruel? Tu amènes ici ma fille pour la rendre témoin de ma mort!

» — Non, non, mon père; c'est pour sauver tes jours.

» — Eh quoi! En suppliant bassement un insolent vainqueur de t'accorder ma grace? Oh! cela ne sera jamais! Ma race n'a point compté de guerriers qui ne sussent mourir en homme courageux. Je te défends d'exposer ton front virginal au sourire barbare de Thomas! Je sais mourir! Je veux mourir, avant que ma fille se prosterne aux pieds d'autrui!

» — Laisse moi, mon père! je n'ignore pas, dans les plus tristes jours de la défaite, ton courage ne peut défaillir, et si l'ennemi veut t'immoler, tu périras en guerrier généreux, en chrétien, priant non les hommes, mais Dieu! Laisse-moi; une fille a d'autres devoirs. Ce serait une ignominie pour moi de ne point demander ta vie au prince.

» — Tu seras méprisée!

» — Et quand je serais méprisée, je serais digne encore de respect et de pitié; j'aurais fait tout ce que l'amour filial, tout ce que la voix du Seigneur m'imposent. »

Ils se disputaient ainsi, et l'obstiné Arrigo persistait dans sa défense; mais le prieur, avec autorité, dit à Marie de le

suivre ; et à travers les tentes nombreuses,
ils courent au pavïllon de Thomas.

Ils entendaient de loin les hurlements
du vieillard en fureur :

« Je suis donc destiné aux affronts
les plus sanglants ! ma fille va se prosterner indignement pour demander ma vie,
la vie qui me devient si méprisable, que
je ne puis, que je ne veux accepter !......
Reviens, je t'en supplie ! je te le com-
mande ! redoute ma fureur, crains la ma-
lédiction d'un père mourant !..... Hugues
a toujours été Gibelin ; ce n'est point par
compassion qu'il agit. L'hypocrite vieillard
trouve dans notre deuil une joie infâme,
et pour l'augmenter, il veut que la dernière
enfant d'Arrigo donne l'exemple d'une hon-
teuse abjection ! »

Marie frissonnait en entendant les menaces de son père et ses injustes accu-
sations contre Hugues ; mais le saint abbé
soutenait le cœur de la vierge : « Malgré

sa colère et son orgueil, nous devons le sauver ! »

Mais quelle fut la situation des deux suppliants, lorsque les gardes leur interdirent l'entrée du pavillon. Ni prières, ni larmes, ni plaintes ne purent les fléchir. Un ordre absolu du prince rendait inexorables tous les guerriers qui entouraient la tente.

Quelques chefs y étaient assemblés avec le marquis, et tous étaient aigris par de longues défaites et par des pertes pénibles ; aussi engageaient-ils le marquis à une sévérité constante, jusqu'à ce que, les ennemis étant tout-à-fait expulsés, aucun nuage ne pût plus altérer leur commune joie.

Le coupable Manfred s'était renfermé dans la citadelle de Saluces, et là il espérait encore le secours des étrangers, quoique, poursuivis par le vieux Jean et par Eléard, ils fussent battus et dispersés.

Il y avait déjà deux jours que Thomas n'avait reçu aucune nouvelle de ces deux fidèles guerriers. Le triomphe paraissait certain, mais s'il se trompait? et si de nouveaux, de nombreux escadrons de Guelfes envahissaient tout-à-coup le pays? Ces doutes nourrissent le courroux de Thomas. Il ordonne qu'on congédie Hugues et Marie, et tous les suppliants, quels qu'ils soient.

Alors, avant de se retirer, le généreux prieur, résistant aux gardes, éleva la voix :

« Nobles marquis de Saluces, suis les mouvements de ton cœur : tes ennemis ne méritent pas que tu fasses briller sur eux ta clémence, mais je sais que tu désires la faire éclater, et Dieu attend l'accomplissement de ton désir pour te bénir encore davantage.... »

Les soldats interrompirent durement les pieuses réclamations du vieillard, les plaintes de la vierge désolée, et, tout-à-coup, ils les repoussèrent loin du pavillon.

Arrigo les vit arriver à lui, et avec un sourire amer : « Le vainqueur n'a donc point essuyé vos larmes? dit-il. Vous avez légitimement acheté les derniers outrages; au moins, moi, je suis pur de cet opprobre! Je me soumets à Dieu ; mais sur la terre, à aucun homme! »

Les larmes de Marie coulaient abondantes ; aussi, après ce sourire amer, après ces dures railleries, le vieillard ne put s'empêcher de s'attendrir. L'inconsolable vierge resta près de lui ; leur saint ami retourna à la tente, voulant de nouveau tenter le cœur de Thomas. Cependant Marie embrassait les genoux de son père ; elle le suppliait d'apaiser le Ciel par des sentiments moins violents ; puis elle adressait ses prières à Dieu lui-même.

Hugues revient ; hélas! il n'a rien obtenu ; il n'espère plus rien obtenir. Une tristesse profonde couvre le visage du saint prêtre, mais la tristesse d'une âme forte, qui vient disposer un moribond aux dernières heures d'une terrible agonie.

Marie le comprend, et l'infortunée éclate dans des transports inexprimables de douleur ; ses sens l'abandonnent, on l'emporte, hors d'elle-même dans un lieu retiré, parmi des femmes, qui, émues de compassion, lui prodiguent leurs secours.

Alors, Arrigo se jette aux genoux du prêtre et confesse ses fautes. Puis, dès qu'au nom du Seigneur les liens se sont brisés, il se relève avec un calme majestueux, non avec cette majesté sauvage qui brillait auparavant sur son front, comme l'éclat redoutable et sombre d'un être malfaisant. Maintenant ce regard intrépide et noble porte une empreinte qui vient du Ciel ; du Ciel, d'où procèdent tant de merveilleuses harmonies !

« Où est ma fille ? Hugues, amène-la-moi. Pour la dernière fois, je dois la bénir. Elle pourra passer encore avec moi quelques instants ! »

La pauvre Marie fut reconduite à son père ; quoique les plaies les plus douloureuses fissent saigner son pauvre cœur, elle vit avec surprise le calme d'Arrigo, et, en rendant des actions de graces à la Reine des anges, elle s'imposa à elle — même de l'humilité, de la paix, de la force, de l'héroïsme. Elle pleurait ; mais elle mettait un frein à sa douleur, et regardait tendrement son père, recevant toutes ces paroles dans son âme, comme les paroles d'un homme qui meurt saintement.

C'était un jour de fête, et c'est pour cela qu'on destinait le jour suivant à l'exécution des prisonniers. La nuit était déjà avancée : Hogues avait préparé les autres prisonniers à une bonne mort. Puis il retourne près d'Arrigo ; il voudrait cacher en partie les sentiments de pitié qui l'agitent :

« O chevalier ! O jeune fille !... On peut tout avec Dieu !...

» — Ah ! ne me séparez point déjà de

mon père, de mon excellent père !.... Le jour est encore éloigné !...

» — Plus tard, la séparation sera plus pénible encore ! »

Le vieillard tenait Marie contre son cœur, et désirait la disposer à ce cruel moment. Mais, à cette épreuve terrible, l'infortunée oublie ses doux sentiments de paix, et sa raison tombe dans un trouble déplorable.

« Guerres impies des peuples ! étendards de vertus mensongères ! lauriers infâmes de guerriers rivaux, qui n'engendrent que la cruauté et la mort ! Et de quel crime suis-je complice pour qu'aujourd'hui les brigands me ravissent mon père, sans que la générosité d'aucune puissance terrestre ou céleste accoure à la défense des opprimés ?... Et Eléard, en qui j'avais tant de confiance, Eléard lui-même !.. Il m'a abandonnée !... »

Tout-à-coup le camp retentit de cris

de joie. Le cœur de Marie palpite ; elle écoute : Que pourrait-ce être ? Ce sont le vieux guerrier de Dogliani et Eléard qui reviennent, couronnés d'une victoire complète.

Les yeux inspirés du prieur brillent d'un nouvel espoir ; il hâte ses pas à la rencontre de son neveu chéri; il le joint, l'arrête, lui parle d'Arrigo.

Cependant Thomas sortait de son pavillon, et prodiguait aux vainqueurs ses sincères embrassements, et aussitôt le sire de Dogliani lui adresse la parole, en montrant Eléard.

« Vous devez beaucoup à la valeur de ce preux, ô Seigneur ; c'est lui qui a renversé les plus intrépides bataillons. »

Le marquis tend une main amie au jeune héros. Eléard la porte à ses lèvres, et se prosternant :

« Seigneur, s'écrie-t-il, seigneur, vous me voyez ici contraint de demander à votre clémence une haute récompense pour mes faibles services.

» — Quels que soient tes désirs, noble champion, fais-les-moi connaître; ils seront satisfaits.

» — Je demande la vie d'Arrigo. Je le sais, il a été coupable. Ne vous irritez pas de ma hardiesse; long-temps, Arrigo m'a traité en père et j'aspire au bonheur d'être appelé son fils. »

Le magnanime Thomas hésite un instant; enfin sa bonté prévaut sur ses autres sentiments; il s'écrie :

« J'ai pardonné ! qu'on délivre tous les prisonniers ! Que tous les prisonniers rentrent dans leurs demeures, et consacrent leur avenir à de meilleures actions ! »

Mille voix retentissent à ces consolantes paroles du prince, et parmi elles la voix du vieillard de Dogliani, du prieur de Staffarda, et surtout d'Eléard, qui peut rendre à Marie la vie de son père.

Le marquis se dérobe à de si grands applaudissements ; il rentre tout ému dans sa tente : Hugues et Eléard volent pour rompre les chaînes d'Arrigo.

Le prisonnier, accoutumé à la colère et à l'orgueil, hésita d'abord, puis vaincu par la reconnaissance et par la tendresse, il serra dans ses bras Eléard et Marie, fléchit les genoux, et dit à Dieu :

« Jette sur Thomas un plus gracieux sourire, Seigneur ; qu'il soit heureux dans sa famille et dans son gouvernement, et qu'autour de lui s'éteigne toute guerre civile ! »

La joie, la gratitude, la surprise, le bonheur transportent les cœurs d'Eléard et de Marie.

Le père devine leurs vœux :

« Tous deux, dit-il, vous êtes mes enfants. »

L'heureux Eléard pousse un cri de joie, et Marie tremblante verse des larmes délicieuses, en bénissant le secours du Ciel, qui vient de changer ses longs malheurs en une félicité si extraordinaire.

Trois jours après, la forteresse de Saluces dut se rendre. Manfred sortit avec quelques amis qui le suivirent dans l'exil. Le bon Thomas, assis sur le trône paternel, jouit sinon d'une paix durable, au moins d'un pouvoir illustré par d'éclatantes vertus ; et, sur les tristes ruines de Saluces, s'élevèrent de nouvelles habitations et de nouveaux héros.

FIN.

— Lille, Typ. L. Lefort. 1852. —

223.e vol.
de la collection.